문학과지성 시인선 503

바다는
잘 있습니다

이병률 시집

문학과지성사

문학과지성사에서 펴낸 이병률의 시집

찬란(2010)
눈사람 여관(2013)
누군가를 이토록 사랑한 적(2024)

문학과지성 시인선 503
바다는 잘 있습니다

초판 1쇄 발행 2017년 9월 20일
초판 36쇄 발행 2024년 12월 6일

지 은 이 이병률
펴 낸 이 이광호
펴 낸 곳 ㈜문학과지성사
등록번호 제1993-000098호
주   소 04034 서울 마포구 잔다리로7길 18(서교동 377-20)
전   화 02)338-7224
팩   스 02)323-4180(편집) 02)338-7221(영업)
전자우편 moonji@moonji.com
홈페이지 www.moonji.com

ISBN 978-89-320-3039-5 03810

이 도서의 국립중앙도서관 출판예정도서목록(CIP)은 서지정보유통지원시스템 홈페이지
(http://seoji.nl.go.kr)와 국가자료공동목록시스템(http://www.nl.go.kr/kolisnet)에서
이용하실 수 있습니다. (CIP제어번호: CIP2017022813)

문학과지성 시인선 503

바다는 잘 있습니다

이병률

시인의 말

어쩌면 어떤 운명에 의해
아니면 안 좋은 기운을 가진 누군가에 의해
그만두었을지도 모를 시(詩).

그럼에도 산에서 자라 바다 깊은 곳까지
뿌리를 뻗은 이 나무는,

마음속 혼잣말을 그만두지 못해서
그 마음을 들으려고 가는 중입니다.

2017년 9월
이병률

차례

시인의 말

I

발문

I

살림

오늘도 새벽에 들어왔습니다
일일이 별들을 둘러보고 오느라구요

하늘 맨 꼭대기에 올라가
아래를 내려다볼 때면
압정처럼 박아놓은 별의 뾰죽한 뒤통수만 보인다고
내가 전에 말했던가요

오늘도 새벽에게 나를 업어다달라고 하여
첫 별의 불꽃에서부터 끝 별의 생각까지 그어놓은
큰 별의 가슴팍으로부터 작은 별의 멍까지 이어놓은
헐렁해진 실들을 하나하나 매주었습니다

오늘은 별을 두 개 묻었고
별을 두 개 캐냈다고 적어두려 합니다

참 돌아오던 길에는
많이 자란 달의 손톱을 조금 바짝 깎아주었습니다

사람

사람이 죽으면
선인장이 하나 생겨나요

그 선인장이 죽으면
사람 하나 태어나지요

원래 선인장은 널따란 이파리를 가지고 있었어요
그것이 가시가 되었지요
찌르려는지 막으려는지
선인장은 가시를 내밀고 사람만큼을 살지요

아픈 데가 있다고 하면
그 자리에 손을 올리는 성자도 아니면서
세상 모든 가시들은 스며서 사람을 아프게 하지요

할 일이 있겠으나 할 일을 하지 못한 선인장처럼
사람은 죽어서 무엇이 될지를 생각하지요

사람은 태어나 선인장으로 살지요

실패하지 않으려 가시가 되지요

사람은 태어나 선인장으로 죽지요
그리하여 사막은 자꾸 넓어지지요

사람의 자리

깊은 밤에
집으로 가는 길에 집 앞에
한 사내가 굵은 나뭇가지 하나를
두 손으로 붙들고 서 있다

할 말을 전하려는 것인지
의지하려는 것인지
매달리는 사실은 무겁다

사내가 나의 집 한 층 위에 살고 있다는 사실을 알고
나서도
사내가 몇 번 더 나무에 매달리는 모습을 보았다

손을 놓치지 않으려는지
나뭇가지는 손이 닿기 좋게 키를 내려놓기까지 했다

어느 밤에
특히 오늘 같은 밤에는
그 가지가 허공에 팔을 뻗어

말 연습을 하고 있는 것을

새를 날려 보냈는지
아이를 잃어버렸는지 모르겠는 위층 사내도
나처럼 내어다보고 있을 것이다

그 가지 손끝에서 줄을 그어 나에게 잇고
다시 나로부터 줄을 그어 위층의 사내에게 잇다가
더 이을 곳을 찾고 찾아서 별자리가 되는 밤

척척 선을 이을 때마다
척척 허공에 자국이 남으면서
서로 놓치지 말고 자자는 듯
사람 자리 하나가 생기는 밤이다

여행

어느 골목 창틀에서 본 대못 하나
집에 가져다 물잔에 기울여 세워놓았더니
뚝뚝 녹가루를 흘리고 있다

식당에서 먹다 버린 키조개 껍데기
뭐라도 담겠다 싶어 집에 가져왔는데
깊은 밤 쩌억쩌억 비명 소리가 들리기에
두리번거리다 안다
물 밖에 오래 나와 있어 조개의 껍데기가 갈라지고 있
는 것을

나를 털면 녹 한줌 나올는지
공기로 나를 바싹 말린 뒤 내 몸을 쪼개면 쪼개지기나
할는지

녹가루를 받거나
갈라지는 소리를 이해하는 며칠을 겨우 보냈을 뿐인데

집에 다녀간 사람이 있는 것도 아니면서

이토록 마음이 어질어질한 것은 나로 인한 것인지

기어이는 숙제 같은 것이 있어 산다
아직 끝나지 않은 나는 뒤척이면서 존재한다

옮겨놓은 것으로부터
이토록 나를 옮겨놓을 수 있다니
사는 것은 얼마나 남는 장사인가

이구아수 폭포 가는 방법

비밀 하나를 이야기해야겠다

누군가 올 거라는 가정하에
가끔 버스를 타고 터미널에 간다는 비밀 하나를

어디서 누가 올 것인지
그것이 몇 시인지

남의 단추를 내 셔츠에
채울 수 없는 것처럼 모른다

녹는 시간을 붙잡자며
그때마다 억세게 터미널엘 나갔다

한 말의 소금을
한 잔의 물로 녹이자는 사람처럼
출발하고 도착하는 시간들을 기다렸다

떠난다는 말도 도착한다는 말도

결국은 헛된 말일 것이므로
터미널에 가서 봄처럼 아팠다

나직하게 비밀 하나를 이야기하자면
가끔 내가 사라지는 것은
차갑게 없어지기 위해서다

이렇게 말하는 것으로 그동안의 오해가 걷힐 것 같아
최선을 다해 당신에게 말하건대
내가 가끔씩 사라져서
한사코 터미널에 가는 것은
오지 않을 사람이 저녁을 앞세워 올 것 같아서다

이토록 투박하고 묵직한 사랑

허공을 향해 날아갔으나
착지하지 못하는 돌

벼랑 너머로 굴러 떨어졌어도
어디에도 닿지 않고 허공에 매달려 있는 돌

첨벙 소리를 내며 물로 빠졌으나
가라앉지 않고 이리저리 물살에 쓸리는

삼켰으나 넘어가지 않고
목구멍 안에 머물러 있는 돌

감정을 시작하고 있는지
마친 것인지를 모르는 것처럼

눈을 감으면 배가 고파서
더 먼 곳을 생각하고

월요일의 사람들은 어디론가 가면서도

어디로 가고 있는지를 이상해한다

멍하니 떠 있던 시소는 아무도 올라타지 않았는데
한쪽으로 기울고 있으며

계절의 겨드랑이에 돋아나던 깃털은
어느 날엔가는 자라는 것을 관두었다

발을 땅에 붙이고서는 사랑을 따라잡을 수가 없다

완벽한 사랑은 공중에 있어야 한다
그러지 않고는 어찌 삶이 비밀이 될 수 있단 말인가

사랑의 출처

산에서 사랑을 파낸다
새 떼처럼 마음이 운다

사랑에게 손을 뻗어 손을 달라고 했다
눈에 파묻힌 사랑은 손에 뿌리를 꼭 쥐고 있었다

사랑은 손을 내미는 대신 일생에 단 한 번
여름이 올 것이라 했다
그 여름이 오면 대륙 깊숙이 이 뿌리를 심어달라 했다
그 뿌리 속에 최선이 들어 있다고 했다

치밀한 여름이 왔다
여름의 조각들이 대륙을 붙들지 못해서
사랑은 뿌리가 드러났다

한사코 표식을 드러내겠다고
겹겹의 세계 바깥으로 나오고 만
사랑의 뿌리를 파낸다
사랑은 뿌리여서 퍼내야 한다

뿌리가 번지고 번져서 파낼 수 없게 되어서
다시 되묻는다
온몸에 열이 펄펄 끓기 시작한다

사랑이 끝나면 산 하나 사라진다
그리고 그 자리로부터 멀지 않은 곳에
퍼다 나른 크기의 산 하나 생겨난다

산 하나를 다 파내거나
산 하나를 쓰다 버리는 것
사랑이라 한다

그 사람은 여기 없습니다

그 사람은 지금 여기 없습니다

충분히 기억을 하고 있는지 모르겠지만
그는 내 목을 조른 사람이거든요

처음부터 나중까지 오래
올 수 있으며
한참을 나타나지 않을 수도 있는 사람

지금 여기 없습니다
내게 칼을 들이댄 적이 있는 사람이거든요

내게서 벗겨진 것들은 그에 의해
다시 더 작은 파편으로 파괴되고 없습니다

나를 어찌하려다 허공을 가르던 손톱으로
내 가슴 한가운데서 뭔가를 꺼내 가려던 그 사람을
세계는
이쪽으로 인도하여 나를 찾게 하지 말 것이며

세계는

그를 앞만 보지 않게 할 것이며

그 사람을 거듭 그 사람이게 하지 말 것이지만

내게 공중에 버려지는 고된 기분을

여러 번 알리러 와준 그 사람을

지금 다시 찾으러 가겠다고 길을 나서고 있는 나를

나는 어쩔 것인가요

있지

있지

가만히 서랍에서 꺼내는 말
벗어 던진 옷 같은 말

있지

문득 던지는 말
던지는 곳이 어디인지 모르므로 도착하지도 않는 말

있지

더없이 있자 하고 싶은데
말할 수 없음이 그렇고 그런 말

있지

전기 설비를 마친 새 집에 등을 켤 때
있지, 라는 소리와 함께 커지는 것 같아

소스라치게도 되는
하지만 들어도 들어도 저울에 올릴 수 없는 말

있지

그러다가도 그러다가도 혼자가 아닌 말
침묵 사이에 있다가도
말 사이에 있다가도
덩그마니 혼자이기만 한 말

있지

수상하고 수상하도록
무엇이 있다는 것인지
무엇으로 청천벽력을 가능하게 하겠다는 깃인지
포개고 자꾸 포개지는
순박한 그 말에는 참 모두가 있지

내시경

도서관에서 사물함 열쇠 하나를 줍게 된 사람은
사물함의 잠금장치를 풀고는
그 안에 든 물건들에 손을 대기 시작했다

그가 치운 것은 거미줄
꺼내 가져간 것은 꽃 냄새와 반죽 따위,
그리고 그는 자주 사물함 안쪽의 오후를 들여다보았다

이제, 그가 열쇠로 가질 수 있는 유일한 전부는
사물함으로 들어가 안에서 문을 잠그면
반대편으로 나갈 수 있다는 사실이었다

그 사실이 발각되자
그에게 도서관 직원이 따져 물은 말은 이랬다
— 그 좁은 틈으로는 도저히 나갈 수가 없습니다
그래서 그가 눈을 맞추고 한 대꾸는 이랬다
— 이 좁은 틈으로 들어가지 않았습니까

혼잣말 같은 그의 대답은 열리지 않는 세계의 무한한
면을 살렸다

11월의 마지막에는

국을 끓여야겠다 싶을 때 국을 끓인다
국으로 삶을 조금 적셔놓아야겠다 싶을 때도
국 속에 첨벙 하고 빠뜨릴 것이 있을 때도

살아야겠을 때 국을 끓인다
세상의 막내가 될 때까지 국을 끓인다

누군가에게 목을 졸리지 않은 사람은
그 국을 마실 수 없으며
누군가에게 미행당하지 않은 사람은
그 국에 밥을 말 수 없게

세상에 없는 맛으로 끓인다
뜨겁지 않은 것을 서늘히 옹호해야겠는 날에

뭐라도 끓여야겠다 싶을 때 물을 받는다

노년

어느 날 모든 비밀번호는 사라지고
모든 것들은 잠긴다

풀에 스치고 넘어지고
얼굴들에 밀리고 무너지고

감촉이 파이고
문고리가 떨어지기도 했다

그는 오래 빈집을 전전하였으나
빈 창고 하나가 정해지면 무엇을 넣을지도
결심하지 못했다

돌아가자는 말은 흐릿하고
가야 할 길도 흐릿하다

오래 교실에 다닌 적이 있었다
파도를 느꼈으나 그가 허락할 만한 세기는 아니었다

서점 이웃으로도 산 적이 있었다
경우에 따라 두텁거나 가벼운 친밀감이 스칠 뿐이었다

오래 붙들고 산 풍경 같은 것은 남아 있었다

중생대의 뼈들이 들여다보이는 박물관 창문 앞을 지나
는 길
늘 지나는 길인데
보내고 보내고 또 보냈을 법한 냄새가 따라붙었다

'여기'라는 말에 홀렸으며
'그곳'이라는 말을 참으며 살았으니

여기를 떠나 이제 그곳에 도달할 사람

반반

여관에 간 적이 있어요 처음이었답니다

어느 작은 도시였는데
하필이면 우리는 네 사람이었습니다
그것도 여자 둘 남자 둘이었습니다

주인아주머니가 난감해하면서 방 하나는 안 된다고 하였기에
우리는 길을 잃은 사슴이었었지요

어찌어찌 방에는 들어갔는데
주인아주머니가 잠깐만 기다리라면서
끝끝이 커다란 병풍을 들고 왔더랬죠

정확히 방의 절반을 가르는 병풍을 가운데 두고
남자들은 저쪽에 자고 여자들은 다른 한쪽에 자라 하였습니다

우리는 병풍을 사이에 두고 따로 누웠습니다

너머를 상관하기엔 막중한 게 버티고 있어
그냥 몇 번 웃었던 것도 같습니다
나는 건너가 궁금했던 것이 아니라
달밤의 입자가 궁금했습니다

남자들과 여자들이 한데 섞여 잠을 자는 건
좋지 않은 일이라는 사실을
머리에 환히 불이 들어오고서야 알았습니다

한참 세월 흘러 그 병풍을 사이에 두고 따로 잠을 잤던
한 남자와 한 여자는 결혼을 하게 되었습니다

나머지 두 사람은
결혼 같은 것은 하지 않고 여태 혼자로 살고 있으니

가릴 것은 가리고 나눌 것은 나누는
거참 신통한 병풍인가요

사람의 재료

오늘은 약속에 나가
사람들과 앉아 이야기를 하고 있는데 문자가 왔다
왜 오지 않는 거냐고

이미 약속 시간으로부터 십 분이 지나 있었다
무엇이 문제였단 말인가
황급히 일어나 간판을 다시금 확인하고
옆 건물로 들어가 사람들 사이에 다시 앉았다

만나도 모르는 사람들
몰라도 만나는 사람들

만나더라도 만나지 않은 것이다
이제 이 좁디좁은 우주에서 우리는 그리 되었다

이 바다의 물을 다 퍼서 다른 바다로 옮기는 일들처럼
어떤 일이 일어나더라도
우리는 우리가 내뱉은 말들이라 가능했다고 믿었다

꽃이 꽃을 꺾는다거나
비가 비를 마시게 된다는 식의 일들
우정의 모든 사랑이라든가
그로 인해 어제는 가볍지 않았다는 기록조차도

감당할 수 없는 이대로를 벗어날 수 있으리라는 가정
만으로
이제 감각도 없는 굳은살들을 떼버릴 수는 없을 것이다

인생의 재료들 사이에서
무조건 속의 조건들을 골라낼 줄 알게 된다면

저편에 또 다른 나 하나가 생성된다는
잔인한 가정을 믿기로 한다면
정말이지 누군가에게 무인가라도 되어야겠는데

오늘 한 일이라곤
약속에 나가 감히 다른 자리에 앉아 있다 온 거였다

파문

세상 모든 별을 관장하는 하나의 별이 있다

그 별이 한 번 뒤척이면
먼발치의 별자리가 조금씩 밀린다

조금씩 밀리고 밀려
발을 헛디뎌 떨어지는 별이 있을 것이며

그때는 오는 9월과 10월과 11월 사이 어느 때여서
우리 사랑의 광채도 홀연히 끝날 것이며

물살이 아프게 가슴께로 흐른 뒤
그 뜨거운 용암이 끝내 식을 무렵

실로 춥고 깜깜하여 간절히 눈을 감으면

사랑이라는 이름으로 밤하늘에 써내려간 저 답들은
한 번 더 밀릴 것이고

잘못 적어 밀린 답들은
어느 시인 집 앞에 보이게 버려질 것이다

목마들

고장 나고 칠이 벗겨진 목마들은 어디로 가나
어디로 가서 목마의 나머지가 되나
그 계절의 윤곽을 살균시키는 일은
어느 누가 하게 되나

어느 과수원에서 뿌리가 튼실한 나무의 가지에다
빗금의 상처를 내고는
그 자리에 품이 좋은 다른 가지를 잘라
이어 붙이는 것을 오래 바라본 적 있었다
붉디붉은 복숭아가 맺힐 거라 했다

그 나무가 다른 피로 사는 동안 기분이 좋지는 않을 것
이지만
건강한 과실 나무로 자라는 동안
그런대로의 생을 받아들일 것이다

나무가 그러니
목마에게도 부러진 부분이 있다면
그게 아프지 않은 나머지와 재생 가능한 부위라면

누구의 손으로 봉합되고 치유될 것인가

한 방향으로만
그것도 둥그런 방향으로만 달렸던 삶을
누가 되돌려놓을 것인가

꼭 합쳐져 재생하는 것을 바라진 않으나 묻는다
어찌어찌 목마의 벌어진 자리에 사람의 뿌리를 대어
사람 중에도 사람다운 사람으로 만들 수는 없겠느냐고

하지만 이 말은 비밀에 부치련다
나무가 사람으로 한 번 태어나기 위해서는
천 번의 생을 나무로 태어나
태어날 때마다 깎여 쓰여야 한다는 말을

이 말도 하지 않으련다
나무가 사람 되기를 거부할 자격을 가지려면
나무로 천 번을 태어나
그 천 번을 불에 타야 한다는 말은

담장의 역사

내 소관이겠다 싶은 곳에 돌을 쌓았습니다

누군가 넘어 들어왔다 갔는지 돌이 무너져 있었습니다

다녀간 흔적을 또렷이 하자고 집을 둘러 돌을 쌓았습니다

그것으로도 모자라 눈가루를 뿌린 뒤에 의심을 섞어놓았습니다

담장의 감정은 그리 시작되었습니다

그래도 담장은 터져서 나무 밑을 어질렀습니다

그러면 칸칸이 국경이 있는 것은 한 번 넘으면 돌아오지 못하는 삶이 있다는 것일까요

국경이 있고 나라로 나뉜 것은 그곳을 넘으면 죽은 사람을 만날 수 있다는 것일까요

국경이 있으며 나라가 있고 또 다른 말을 쓰는 것은

이제껏 해오던 말이 아닌 다른 말로 말을 걸면 끊어져
닿을 수 없는 사람도 이을 수 있다는 말인가요

설산

돌을 깨고 있는 사나이에게 다가가 물었다
아주 높은 설산 아래서였다
왜 물고기 화석이 여기 있지요? 그럼 우리도 바다로부
터 건져 올려진 건가요?

대답을 들을 새도 없이
그때 저기서 한 노인이 걸어오는 게 보였다
어디서 오는 길이냐고 물었다
노인도 알 수 없다고 했다
그럼 어디로 가는 거냐고 물으려다 그만두었다

무심히 깨진 돌 하나를 줍더니
가던 길을 가는 노인의 뒷모습을 보는데
눈가에 압력이 팽팽해져서였다

책장 사이 꽃 눌러놓듯이
얼마 후면 우리도 땅속에 돌 속에 눌리겠다

이렇게 모두가 아름다우니
우리도 얼마나 곧 사라질 텐가

2

그래, 산은 어땠냐고 물었어요

얼음산에서 나는 말문이 막혀 펄떡였으며
이름을 통째로 잃었으며
많은 무릎들을 생각했다고 당신에게 대답했어요

그래, 또 산에 오르게 될 것 같으냐고 물었어요

물론이라고
산은 우리가 미처 걸어서 건너지 못한 바다라고 말했
어요

정착

만약 내가 여자였다면 집을 지을 것이다
아프리카 마사이 여부족처럼
결혼해서 살 집을 내 손으로 지을 것이다

꽃을 꺾지 않으려는 마음도 마음이지만은
꽃을 꺾는 마음도 마음이라고 말할 것이다

내가 여자라면 사랑한다고 자주 말할 것이고
사랑한다고 말하는 자신을 매번 염려할 것이다

내가 여자라면 칼을 들고 산으로 빨려 들어가 춤을 출
것이다

그러다 작살을 쥐고 한 사내의 과거를 헤집을 것이다
외롭다고 말한 뒤에 외로움의 전부와 결속할 것이다

내가 여자로 태어난다면 고아로 태어나
이불 밑에다 북어를 숨겨둘 것이다
숨겨 두고 가시에 찔리고 찔리며 살다

그 가시에 체할 것이다

생애 동안 한 사람에게 나눠 받은 것들을
지울 것이며
생략할 것이다

사람이 온다

바람이 커튼을 밀어서 커튼이 집 안쪽을 차지할 때나
많은 비를 맞은 버드나무가 늘어져
길 한가운데로 쏠리듯 들어와 있을 때
사람이 있다고 느끼면서 잠시 놀라는 건
거기 사람이 있기 때문이다

낯선 곳에서 잠을 자다가
갑자기 들리는 흐르는 물소리
등짝을 훑고 지나가는 지진의 진동

밤길에서 마주치는 눈이 멀 것 같은 빛은 또 어떤가
마치 그 빛이 사람한테서 뿜어나오는 광채 같다면
때마침 사람이 왔기 때문이다

잠시 자리를 비운 탁자 위에 이파리 하나가 떨어져 있
거나
멀쩡한 하늘에서 빗방울이 떨어져서 하늘을 올려다볼
때도
누가 왔나 하고 느끼는 건

누군가가 왔기 때문이다

팔목에 실을 묶는 사람들은
팔목에 중요한 운명의 길목이
지나고 있다고 믿는 사람들이겠다

인생이라는 잎들을 매단 큰 나무 한 그루를
오래 바라보는 이 저녁
내 손에 굵은 실을 매어줄 사람 하나
저 나무 뒤에서 오고 있다

실이 끊어질 듯 손목이 끊어질 듯
단단히 실을 묶어줄 사람 위해
이 저녁을 퍼다가 밥을 차려야 한다

우리는 저마다
자기 힘으로는 닫지 못하는 문이 하나씩 있는데
마침내 그 문을 닫아줄 사람이 오고 있는 것이다

II

몇 번째 봄

나무 아래 칼을 묻어서
동백나무는 저리도 불꽃을 동강동강 쳐내는구나

겨울 내내 눈을 삼켜서
벚나무는 저리도 종이눈을 뿌리는구나

봄에는 전기가 흘러서
고개만 들어도 화들화들 정신이 없구나

내 무릎 속에는 의자가 들어 있어
오지도 않는 사람을 기다리느라 앉지를 않는구나

청춘의 기습

그런 적 있을 것입니다
버스에서 누군가 귤 하나를 막 깠을 때
이내 사방이 가득 채워지고 마는

누군가에게라도 벅찬 아침은 있을 것입니다
열자마자 쏟아져서 마치 바닥에 부어놓은 것처럼
마음이라 부를 수 없는 것들이

이해할 수 없는 것들은
이해할 수 없는 것들이어서 버릴 수 없습니다

무언가를 잃었다면
주머니를 가졌기 때문입니다
인생을 계산하는 밤은 고역이에요
인생의 심줄은 몇몇의 추운 새벽으로 단단해집니다

넘어야겠다는 마음은 있습니까
저절로 익어 떨어뜨려야겠다는 질문이 하나쯤은 있습
니까

돌아볼 것이 있을 것입니다
자신을 부리로 쪼아서 거침없이 하늘에 내던진 새가
어쩌면 전생의 자신이었습니다

누구나 미래를 빌릴 수는 없지만
과거를 갚을 수는 있을 것입니다

마음 한편

악인(惡人)을 만났다
서쪽에서 왔다고 했다
내게 악(惡)을 달라고 했다

당연한 것은 그를
하루 동안 세 번 껴안고 잤다는 것이다
큰 바람 앞에서 불을 피우며
모르는 그 사람 어깨에 손을 올렸다는 것이다

깊고 추워서 힘이 되는 것들과
한쪽으로 몰려 돌아서지 않는 것들을
그 밤에 또렷한 것을 부르려 했다

악인을 만났다
살아 움직이는 모든 혈관에
숨을 불어넣는 거침없음이 보기 좋았다

탁자 밑에 공간이 있는 것은
손을 잡기 위해서라고 말하는 그가

바람이 들어오는 쪽으로 들어왔다가
바람이 나가는 쪽으로 빠져나갔다
아프지 않았다

한 계절
나를 향해 많은 기침을 하는
악인을 만났다

악의 자국이 몸에 남아 파고들 때마다
다른 악인을 만나거든
살림을 살아야겠다는 뜻밖의 매혹에다
맹세를 하였다

악인을 만났다
우박처럼 만났다

지구 서랍

터미널에서 스친 한 노인이
한 손에는 약봉지를 들고
다른 한 손으로는 전화기를 들고
마음이 아파서인지 몸을 반쯤 접으며
이렇게 말하고 있다

내가 순수하게 했는데,
나한테 이러믄 안 되지

나는 마음의 2층에다 그 소리를 들인다
어제도 그제도 그런 소리들을 모아 놓느라
나의 2층은 무겁다

내 옆을 흘러가는 사람의 귀한 말들을 모으되
마음의 1층에 흘러들지 않게 하는 일

그 마음의 1층과 2층을 합쳐
나 어떻게든 사람이 되려는 것
사람의 집을 지으려는 것

나의 마련은 그렇다

한 사람이 상처를 받는 것은
한 사람이 깊숙이 칼에 찔리는 것은
지구가 상처받는 것
지구의 뼈가 발리고 마는 것

지구 뿌리에 빗물 전해지듯
당신들이 이 지구에 귀함을 보탤 거라면

나의 완성은 그렇다
지구 사람 가운데 나에게 연(緣)이 하나 있다면
당신들의 흩어짐을 막는 것
지금은 다만 내 마음의 1층과 2층을 더디게 터서
언제쯤 나는 귀한 사람이 되려는지 지켜보자는 것

나의 궁리는 그렇다

두 사람

1

세상의 모든 식당의 젓가락은
한 식당에 모여서도
원래의 짝을 잃고 쓰여지는 법이어서

저 식탁에 뭉쳐 있다가
이 식탁에서 흩어지기도 한다

오랜 시간 지나 닳고 닳아
누구의 짝인지도 잃은 것이 무엇인지 모르고 살다가도
무심코 누군가 통에서 두 개를 집어 드는 순간
서로 힘줄이 맞닿으면서 안다

아, 우리가 그 반이로구나

2

그러니 두 사람이 배를 탄다는 것은, 그것만으로 미어
지게 그림이 되는 것

두 사람인 것은, 둘 외에는 중요하지 않으므로 두 사람
이어야 하는 것은

두 사람이 오래 물가에 앉아 있다가 배를 탄다는 것은

멀리 떠나는 것에 대해 두 사람이 이야기해왔던 것은,
그리하여 두 사람이 포개져서 한 장의 냄새를 맡는 것은

두 사람이 있었기에 당신이 이 세상에 올 수 있었다는
사실은

호수

호수 위 작은 배 하나

마주 앉아 기도를 마치고
부둥켜안는 두 사람을 보았습니다

끌어안았던 팔을 풀자
한 사람이 일어났습니다
배는 흔들리고
다른 한 사람도 놀라 일어나자
위태롭게 다시 배가 휘청였습니다

먼저 일어난 한 사람이 물로 뛰어들더니
헤엄을 쳐서 배로부터 멀어져 갔습니다

멍이 드는 관계가 있습니다
멍이 나가는 관계가 있습니다

저기 보이는 저 첫 별은
잠시 후면 이 호수에 당도해

홀로 남은 채로 멍이 퍼지고 있는 한 사람을 끌어줄 것
입니다

　호수 위에 작은 배 하나
　고요밖에는 아무 일도 없는데
　푸드덕 물새가 날아오릅니다

　아무 일도 없는데 꽃이 피고 피는 건
　꽃도 어쩌지 못해서랍니다

새

자면서 누구나
하루에 몇 번을 뒤척입니다

내가 뒤척일 적마다
누군가는 내 뒤척이는 소리를 듣고 있는 것만 같습니다

지구의 저 가장 안쪽 중심에는 무엇이 있습니까

자면서 여러 번 뒤척일 일이 생겼습니다
자다가도 가슴에서 자꾸 새가 푸드덕거리는 바람에
가슴팍이 벌어지는 것 같아
벌떡 일어나 앉아야 죽지를 않겠습니다

어제는 오늘은 맨밥을 먹는데 입이 썼습니다

흐르는 것에 이유 없고
스미는 것에 어쩔 수 없어서
이렇게 나는 생겨먹었습니다

신(神)에게도 신이 있다면 그 신에게 묻겠습니다

지구도 새로 하여금 뒤척입니까

자다가도 몇 번을
당신을 생각해야
이 마음에서 놓여날 수 있습니까

밤의 골짜기는 무엇으로 채워지나

깊은 밤 자리에 누워
나는 모르겠다라고 중얼거리면
조금은 알 것 같은 기운이
가슴 한가운데 맺히는 것이다

그러면서도 그것이 다는 아닌 듯하여
도통 모르겠다고
다시 말하는 밤이면
그 밤이 조금은 옅어지면서
아예 물러갈 것도 같은 것이다

여전히 모르겠다는 소리를
절대 입가에 스치게 해서도 안 될 것 같은 것이다
그럴수록에 침대의 관절은 삐걱거릴 것이니

어떤 거짓말로도
밤을 이해할 수 없는 노릇인 것이다

전체의 일부가 아니며 소설이나 시도 아닌 밤

세상에서 가장 육중하고
정밀한 조직의 얼룩으로 덮어놓은 밤

그럼에도 이 밤에 자꾸
생각의 강아지풀이나 꺾는 것은
생각을 파느라 그러는 것이다

염려

당신과 함께 간 여행이었습니다
지나던 길가에서 점 봐주는 이를 스치는데
당신이 점을 보겠다 하였습니다

그 점쟁이 참 싱겁데요
당신은 나하고 한집에 살아야 한다네요

그 점쟁이 참 못 맞추데요
당신이 알지 못하는 것까지 나는 알고 있는데요

우리는 말이 없는 나라에 와 있는 사람처럼 말이 없습
니다
우리라는 말도 이제 힘이 없습니다

마음대로 집을 지을 수 있으니
무허가라는 말 참 좋지만요

마음을 붙이게도 하고 떨어져 사라지게도 하니
무작정이란 말도 참 좋겠지만요

등을 돌려 하늘을 올려다보는데

헛웃음이 쏟아졌던 것도

내내 말이 없었던 것까지도

해서는 안 되는 사랑의 충혈을 염려한 탓이었습니다

불화덕

바람이 만들어지는 때
그 바람에 마른 문장이 비벼지는 때

불을 놓고 싶다
굽고 익히고 끓이고 덥힌 불로 하여금
긴히 다시 사는 법을 알고만 싶어서

저녁을 먹지 않으려는 저녁에
누군가 만나자는 말은 얼마나 저녁을 꺼뜨리는 말인가
불을 지르고 싶다
망연히 불을 사용하고 싶다
새가 바람을 공부하지 않고 어찌 날기를 바랄 수 있단
말인가

숫자가 얼마나 광활한지를 문득 생각하다가

일 십 백 천
억 조 경 해
시 양 구 간

정 재 극

시를 쓰겠다면서 오래도록 불가능한 나라는 사람은
만날 이 숫자들에 얼마나 관여하는지를 궁금해하다가

상표를 태우려다 불을 잘못 쓰는 바람에 옷을 태우거나
사람의 실밥을 태워 없애려던 날에는 사람을 태워버리
고 말거나
없애려다가 전부를 없앴지만

아득히 불을 사용하고 싶다
불을 사용하여서 이번 생에서는 체기만 내리는 것으로
한다

알 수 없는 말들이나 꾸미느니
저녁 화덕에 받쳐 불을 담을 것이다

불 속에는 성냥을 모셔두겠다
모두가 꺼진 후에도 대신하여 불만 남길 수 있도록
막막히 불을 지르고 잠들고 싶다

미신

필명을 갖고 싶던 시절에
두 글자의 이름 도장도 갖고 싶어 도장 가게에 가서
성과 이름을 합쳐도 두 글자밖에 안 되는 도장을 파려
고 하는데
돈을 적게 받을 수 있느냐 물었다

하지만 남들보다 더 많은 여백을 파내야 하는 수고가
있으니
오히려 더 받아야겠다는 도장 파는 이의 대답을 들었
다

다 늦은 그날 밤
술 마시고 집으로 가는 길

한 잔만 더 마시면 죽을 수도 있고
그 한 잔으로
어쩌면 잘 살 수도 있겠다 싶어 들어간 어느 포장마차
에서
딱 한 잔만 달라고 하였다

한 잔을 비우고 난 뒤 한 병 값을 치르겠다고 하자
주인이 술값을 받지 않겠다고 했다
당신이 취하기 위해 필요한 건 한 잔이 아니었냐며
주인은 헐거워진 마개로 술병을 닫았다

바지 주머니엔 도장이 불룩하고
천막 안 전구 주변에선 날파리들이 빗소리를 냈다

도장을 갖고도 거대하고도 육중한 한 시절의 어디에다
도장을 찍어야 할지 모르는 나는
온통 여백뿐인 청춘이었다

여백이 무겁더라도 휘청거리지 말고
그 여백이라도 붙들고 믿고 수고할 것을

그 여백에라도 도장을 찍어놓을 것을

가방

딛고 있는 발 아래쪽을 생각하다가
문득 아래가 여전하지 않다는 것을 알았다
움직이고 있는 걸 알았다

커다란 덩어리를
아주 물컹한 육체를 밟고 있는 기분이 들었다
이 사실도 엄청난 소문이 될 것이지만

발 아래는 움직이면서도 가만히 있어보라는 듯
그러면 잠시라도 눈을 맞출 수 있을 거라는 듯

눈썹 끝으로 겨우 처마 끝을 디딘 듯
잎사귀를 밟은 듯
멈칫 발은 놀라지만

여러 가지 경우를 대신해서
우리는 밟고 디딜 곳이 있어 나아질 것이라고 믿어왔다

우리가 딛고 사는 것은 알고 보면

고래의 뒤편이거나 고래의 심장 쪽
우리가 마시고 사는 것은 알고 보면
고래가 사는 수족관의 물

세상 끝에 살고 싶은 섬 하나가 있을 거라 믿는
잘못된 저녁에는
저마다 고래에서 내려
신발을 털고 가방 안으로 들어가서는
무심히 밥냄새를 핥거나
철저히 눈을 감는다

시를 어떨 때 쓰느냐 물으시면

시는 쓰려고 앉아 있을 때만 써지지 않지

오로지 시를 생각할 때만 쓸 수 있는 것도 아니어서
물을 데우고
물을 따르는 사이

고양이가 창문 밖으로 휙 하니 지나가고
그 자리 뒤로 무언가 피어오르는 듯할 때
그때

조용할 때만 오지도 않지
냉장고가 용도를 멈출 때
저녁 바람이 몇 단으로 가격할 때

시는 어느 좋은 먼 데를 보려다
과거에 넋을 놓고
그러던 도중 그만 하늘빛에 눈이 찔리고 말아
둥그스름하게 부어오른 눈언저리를 터뜨려야
겨우 쏟아지는지도

72

쓰지 않으려 할 때도 시는 걷잡을 수 없이 방향을 잡지

어디에 쓰자고 문 앞에 매달아 둘 것도 아니며
무엇이라도 되라고 등불 아래 펴놓는 것도 아니며
저기 먼 끝 어딘가에 이름 없는 별 하나 맺히는 것으로
부시럭거리자는 것

흐렸다 갰다를 반복하는 세상 어느 골짜기에다
종소리를 쏟아 붓겠다는 건지도

시는 나아가려 할 때만 들이치는 게 아니어서
멀거니 멈출 때
흘린 것을 감아올릴 때
그것을 움푹한 처소에 담아둘 때
그때

여름은 중요하다

사내 둘이서 힘차게 땅을 일구고 있었다
노동이 정성스러워 처음엔 그들의 땅일 거라 생각했다
알고 보니 땅의 주인은 따로였고
그들이 사라지고 난 얼마 후
뿌려둔 씨앗과 구근 들이 꽃을 피워 올리고 있었다
창문 너머 꽃밭을 소유한 사람은 따로 있었다
낯선 곳에 잠시 나를 묶어두었던 그 여름

그 여름을 잊지 못한다
여름은 심부름을 하고 있었다

여름에는 여름을 묘사하려는 의지 따위는 하나도 중요
하지 않다

자주 섬을 떠올리는 것만으로도
여름은 중요하다

서로의 창백한 안간힘을 알려주기 위해서라도
여름은 중요하다

그러나 사실은 여름이여
여름에는 저마다 슬픔의 목적도 다르겠다,

마음대로 할 수 없는 당신이여

다시 말하노니 여름은 풍만함과 그 내리막으로 중요
하다
피가 없다면 서서히 몸은 없어지지 않겠는가
한여름의 단단한 땅에 힘을 다해 몸을 섞는 것은 중요
하다

소금의 중력

어떤 말은 단어가 하나인데 뜻이 여럿인 것처럼
각기 다른 뜻이 여러 개인데 달랑 단어가 하나뿐인 말
처럼
종종 외국어 단어에는 다중과 다단이 배치되어 있다

하나의 말이 다른 말을 거들기 위해서는
서로의 사이가 좋아야겠지만
하나의 단어에 여러 개의 의미가 모이는 것을 선호한다
단숨에 한 번에 만들어진 그런 단어는 없을 것이기 때문

그런데 나는 오늘 소금을 받았다

냄새가 있지도 않으며 정신적이지도 않은 소금
왜 소금이냐고 묻지 않았다

소금이 세상에 가라앉고
몸에 음식에 바람에 섞이면서도
일말의 물음은 없었을 것이다

소금은 혀를 쾌락으로 채우기도 하지만
인간의 문제 또한 그 혀가 갈라놓고 마는
소금의 능력을 이제는 나도 알아갔으면 한다

이 세계
이토록 하나가 아닌 세계

소금 안에 단맛이 있어서
한 그릇의 어떤 맛도 완결을 이뤄낸다는 사실을

사람이 그토록 사이를 마칠 때도
소금 같은 짠맛이 각막에 흩뿌려진다는 사실을
아무도 누설하지 않는 세계에 살면서

왜 당신이냐고 묻지 않은 일은 잘한 일이다

수색역

복잡한 곳일수록
들어갈 때 구조를 외우면서
나올 때를 염두에 둡니다
재채기를 할 때 얼른 양손이 나서는 것처럼

모든 순서가 되었습니다, 당신

기차역에서 멀지 않은 곳에 당신이 산다고 했습니다
그 역의 막차 시간 앞에서 서성거리다

추운 그 역 광장에
눈사람 만들어 놓고 왔습니다

어제까지의 풍경

밤길에 그 앞에서 오줌을 누는 한 나무가 있지
물을 줄이고 힘을 줄이느라 어쩌지 못하겠는 척
오줌을 누는 길가의 나무
이 나무가 잘되면 내 오줌 탓인가
이 나무가 시무룩하면 나 때문인가
걱정하는 나무가 있지

세탁소에 맡겨놓고 찾지 않은 셔츠가 있지
이제는 어느 계절에 입어야 하는 셔츠인지
아스라이 기억에도 없는
맡겨놓는다는 말도 맡겨주겠다는 말도 좋아
맡겨놓은 셔츠 한 장 있지

지날 때마다 살고 싶은 집 하나 있지
들어서는 순간 바람 소리 멈추고
먼저 들어간 당신들이 저녁을 굶었을 것 같아
찬밥을 남겨놓아야 할 것 같은
살고 싶어서 살지 않는 빈집 하나 있지

고독의 작란

혼자서 이별을 준비하는 사람이 있다
십육 년을 같이 살았다는 사람이었다

그는 이별을 하겠다고 작정한 사람과 동행하여
결혼식에 가거나 장례식엘 간다

그리고 돌아와 자신의 흔적을 하나둘 없애거나
너무 없앤다
무엇이라도 남기지 않으면 그조차 의심을 받을 것 같
아서
옷가지 두어 장을 남겨놓는다

누구도 그에게 왜 그러냐고 물을 수는 없다
사는 것이 거북해서 그래야만 했던 것처럼
이제는 수북한 안간힘을 내려놓고
깨끗이 그래야만 하는 일이 남아 있을 뿐

혼자 자물쇠를 하나 사서 다리 난간에 채우고
이번만큼은 강물에다 열쇠를 던지지 않는다

열쇠를 스스로에게 합쳐버리고

누군가의 주인이 되거나

누군가에게 유적이 되는 일에

다시는 가담하지 말아야 할 것이므로

왜 그렇게 말할까요

우리는, 우리는 왜 그렇게 말할까요

그렇게 말한 후에 그렇게 끝이었다죠
그 말은 어디서 시작되었는지 알 길이 없으니
절대 겹치거나 포개놓을 수 없는 해일이었다지요

우리는 왜 그렇게 들어놓고도
그 말이 어떤 말인지를 알지 못해 애태울까요

왜 말은
마음에 남지 않으면
신체 부위 어디를 떠돌다
두고두고 딱지가 되려는 걸까요
왜 스스로에게 이토록 말을 베껴놓고는 뒤척이다
밤을 뒤집다 못해 스스로의 냄새나 오래 맡고 있는가요

잘게 씹어 뼈에 도달하게 하느라
말들은 그리도 억센가요
돌아볼 일을 만드느라 불러들이는 말인가요

대체 그 말들은 어찌어찌하여

내 속살에다

바늘과 실로 꿰매 붙여 남겨놓는단 말인가요

무엇을 제일로

제일로
가장 무엇 하나만을 남겨 가질 것인가
제일로
사랑하는 사람을 보낸 후라면 말이다

누구는 그 사람의 다정함이라 하고
누구는 목소리일 것이라 하지만

미련스러이 나는 그것이 꼭 하나여야만 하느냐고 묻는
다

나에게 그것은 당신 손바닥일 수 있으며
손바닥으로 내 얼굴을 가려 만들어주던 그늘일 수도
있으며
그 그늘 아래로 무참히 찾아온 졸음의 입자일 수도 있
겠지만

모두가 망하고 멸하고 난 후에라도 살아 있을
제대로 된 절망 하나를 차지하고

놓지 않겠노라 대답해야겠는데

도저히 뺄 것 하나 없는
그 사람의 무엇 하나만을
어떻게 옹색하게 바란단 말인가

III

탄생석

한때는 뜨거웠던 돌이다

당신의 옆구리에 들어와 오래 빠져나가지 않는 돌은,
당신에게 뿌리를 내릴지 말지 걱정이 많다

하나 한때는 화염 안에서 뜨거웠던 돌이다

사람의 전생에는 연못이 있고 동굴이 있는데 태어나지
못한 몸들을 돌로 가라앉히기 위해서라고, 그리고 우리
는 그 돌을 하나씩 꺼내 태어나는 거라고

인생에 하나쯤 있을 것 같은 한 사람에게 고백할 것

무엇을 위한 고백이냐고 묻는다면 어떻게든 이 돌을
뚫고 살면 세월이 흐른다고 대답할 것

어떤 한 사람이 평생 흘린 눈물을 끓여서 굳힌 이 돌을
입에 물고

삐걱내지 말고 부디 말하지 밀 것

인명구조 수업

그이는 밤이면 컴퓨터에 달린 카메라를 켜놓고
인터넷에 몰려든 사람들에게 자신의 생활을 보인다
자신을 지켜줄 이는 바깥에 있다고 믿고 생각한다

그이의 집을 지키는 건 마네킹이다
마네킹은 나이가 들지 않았고
그이를 방해한 적이 없으며
그이를 바라봐준다

가끔 일회용 물수건으로 마네킹을 닦기도 하는 것은
언젠가 무엇으로 자신을 도와줄 거라 믿기 때문이다

가끔은 그이의 집 바깥에 사는 새 한 마리 날아와
마네킹의 어깨에 앉는다

그리고 또 가끔 그이는 마네킹의 상처 한 쪽을 힘껏 벌려
견뎌온 말들을 다져 넣곤 한다

그 상태로 한 존재가 그이를 바라봐준다는 것
그것이 그이 자신을 살릴 수도 있다는 것을
눈치 챈 날이 얼마 되지 않았다
어느 날 마네킹이 광장을 바라보고 있어서였다

고라니가 어느 새벽 벼랑에 가서 떨어진다고 한다
새들이 가끔 유리창에 맥없이 부딪히는 날들이 계속되
었다
인간들도 가끔은 알 수 없는 곳으로 흘러간다

생활이라는 감정의 궤도

그는 먹기 위해 집 안의 모니터를 통해 배달 사항을 전
송한다
밥 100그램과 채소와 달걀 요리다
그의 직업은 생활인이다

도시 중앙센터의 식당에서 일을 하는 구역 요리사는
많은 주문 가운데서도 그의 주문을 비중 있게 다룬다
단 한 번도 얼굴을 본 적 없는 두 사람의 소통의 정도는
관상어가 먹고 배설하는 일 따위에 불과하겠지만
요리사는 어쩐지 그의 주문을 위해서만 일을 하는 사
람 같다

건조한 주문이 있고
하나의 온기 없이 따뜻한 음식이 회전벨트에 실려 배
달된다

기다린다 이제 밥을 기다리는 일과
주문을 기다리는 감정의 경중은 같다

어느 날부터였다, 그가 먹지 않는 날이 계속되었다
요리사는 며칠째 주문을 받지 못했으므로
어쩐지 중요한 일이 없어져버렸다

그가 먹는 음식으로 그를 상상하거나 읽어보려 했으나
그에 대해 아는 한 가지는
일인분의 한 사람이라는 것

그는 곧 도시를 떠나겠지만
어떻게든 도시는 도시로 연결되어 있을 것이며
회전벨트를 타고 이 도시를 떠났던 모두처럼
누군가를 스스로에게 연결짓지 않으면 안 될 거라는 것

도시는 빛이 많으니까 스스로의 빛도 필요하다
바깥 불빛보다 안쪽의 불빛에 의지해야 하므로
감정도 필요하다

　지탱하려고 지탱하려고 감정은 한 방향으로 돌고 도는
것으로 스스로의 힘을 모은다

동백에 새 떼가 날아와서는

갑자기 춤을 추는 병에 걸리자
갑자기 사람을 끌어안는 병에 걸리자

커다란 동백나무에 날아와 숨은 새 떼들이
한없이 재잘대기 시작하자
일제히 동백 꽃잎들이 뚝뚝 다 떨어지고

꽃잎들이 다 떨어지고 났는데도
정신없이 새들이 자꾸 울어서
가려주겠다고 가려주겠다고
소란히 동백 꽃들을 피워내
꽃으로 덮이고 되덮이는 나무

어질어질 실려가도 좋겠는 이런 날에는
어딘가에 갇히면 곧 죽을 것 같은 병에 걸리자

갑자기 흥이 나는 병에 걸리자
갑자기 뜨거워지는 병에 걸리자

불쑥 뒤돌아보는 병에 걸리자
불현듯 세상이 두렵고 무서워져서
누군가에게 자상해지고 싶은 병에 걸리자

갑자기 천천히 걷는 병에 걸리자
그러다 갑자기 공원의 나무 밑으로 달려가는 병에 걸
려서

이렇게 미치고 이렇게 미쳐서
아는 이를 길에서 마주치더라도 알은체하지 않는 병에
걸리자

심장을 다독이고 다독여서
빨래 마르는 동안만큼은 말을 하지 않겠다는 다짐

그 병 이상으로 살자

내가 쓴 것

눈을 뜨고 잠을 잘 수는 없어
창문을 열어 두고 잠을 잤더니
어느새 나무 이파리 한 장이 들어와 내 옆에서 잠을 잔
다

그날 아침
카페에 앉아 내가 쓴 시들을 펴놓고 보다가
잠시 밖엘 나갔다 왔는데
닫지 않은 문 사이로 바람이 몹시 들이쳤나 보다

들어와서 내가 본 풍경은
카페에 모인 사람들이 일제히 일어나
바람에 흩어진 종이들을 주워
내 테이블 위에다 한 장 두 장 올려다 놓고 있는 모습
들이었다

우리들은 금세 붉어지는 눈을
그것도 두 개나 가지고 있다니
그럼에도 볼 수 없는 것들도 있다니

사실은 내가 쓰려고 쓰는 것이 시이기보다는
쓸 수 없어서 시일 때가 있다

후계자

태풍의 활을 당겨서 이으리라

지구의를 왼쪽으로 돌려서라도 이으리라

말을 못 알아들으면서 두 개의 언어로 말하는 이가 있
으며 자기도 모르게 손을 뻗어 거짓말을 만지는 이가 많
으니
　이로부터 세상 수많은 것의 충돌들을 완충시켜 이으리
라

　곧 괜찮은 번개를 맞아 이번 생의 모두를 고백하게 되
리니
　나의 생각이 이렇다는 것까지를 신에게 전하게 되리
　힘이 모자라 뚝뚝 끊기던 어제의 식물들과도 나란히
이으리

　용광로에서 떠낸 쇳물 손으로 받아 이으리
　그래도 된다면 어떤 피에 대한 안 좋은 기억까지도 받
아 이으리

지금은 아무것도 아니라고 말하는 이에게 바라나니
그 사람이 나에 대해 아무것도 종이에 적지 않기를

나 아무도 낳지 않기를
나에 의해 잉태하더라도 그것이 시이기를

열차가 열차를 끄는 힘으로
인간에서 인간으로 잇겠지만
그리 이은 다음에도 엄청난 파도가 덮칠 거라는 것
영하의 정오가 한 세계를 얼릴 거라는 것

그러니 지금까지 애쓴 나의 모두는
공명한 세계로 물려주기를

믿음으로 믿는다
처음이고 끝이며
그리하여 뼛속까지

사는 게 미안하고 잘못뿐인 것 같아서

거미가 실을 잘못 사용하더라도

계절이 한참 지나간 후에도 꽃대가 꽃을 내려놓지 못할지라도
그것은 나의 잘못이 아니리

그조차도 세상의 많은 조합일지니
나의 잘못이 아니리

찬바람이 여름의 옆구리를 슬쩍 건드리더라도
그래서 감기로 잠시 아프더라도

정녕 그것은 나의 잘못이 아니리
그 사람이 당신을 좋아하는 것도
당신이 그에게 나머지 마음을 들키지 않으려는 것까지도

생각을 만나지 않고 시장에 간 것
나의 잘못은 아니리

오후에 붙들려서 길을 따라 나선 것은
조금 맨발이 되자는 것이었으니

마음이 구덩이로 빨려 들어가 휘감기는 것도
그러곤 구덩이에서 꺼내지는 것도
찬바람이 시키는 계절의 일들일 테니

애써 모른 체한들
이 모든 것 나의 잘못은 아니리

이별의 원심력

우리는 서로의 감정에 대해
더 이상 관심을 두지 않습니다
당신 한 사람으로부터 시작된 거짓이
세상을 덮어버릴까 두려워서입니다

우리는 서로를 파먹다가 안쓰럽게 부스러기가 되었습니다

거짓말을 하지 않으면 살 수 없는 나라에서
당신도 압축된 거짓을 사용했습니다
서로 오래 물들어 있었던 탓이겠지요

우리가 마주 잡았던 손도 결국은 내가 내 손을 잡은 것입니다

우리가 만날 수 없는 것,
그것이 엄청난 일이라는 사실을 알기 위해
인생의 절반이라는 시간을 사용할 수도 있다는 사실에
놀랄지도 모릅니다

나는 아이슬란드에 도착하려다 길을 잃습니다
어디인지도 모르면서 냄새를 따라 내려서 그렇습니다

광채는 사그라들고 공기는 줄어들고 나는 마비되었습
니다
이별의 원심력의 영향권에 들어와 있기 때문입니다

나는 이제 사라지기 위해 아이슬란드 폭포에 와 있습
니다

바깥의 일은 어쩔 수 있어도 내부는 그럴 수 없어서
나는 계속해서 감당하기로 합니다
나는 계속해서 아이슬란드에 남습니다

눈보라가 칩니다
바다는 잘 있습니다
우리는 혼자만이 혼자만큼의 서로를 잊게 될 것입니다

이 넉넉한 쓸쓸함

우리가 살아 있는 세계는
우리가 살아가야 할 세계와 다를 테니
그때는 사랑이 많은 사람이 되어 만나자

무심함을
단순함을
오래 바라보는 사람이 되어 만나자

저녁빛이 마음의 내벽
사방에 펼쳐지는 사이
가득 도착할 것을 기다리자

과연 우리는 점 하나로 온 것이 맞는지
그러면 산 것인지 버틴 것인지
그 의문마저 쓸쓸해 문득 멈추는 일이 많았으니
서로를 부둥켜안고 지내지 않으면 안 되게 살자

닳고 해져서 더 이상 걸을 수 없다고
발이 발을 뒤틀어버리는 순간까지

우리는 그것으로 살자

밤새도록 몸에서 운이 다 빠져나가도록
자는 일에 육체를 잠시 맡겨두더라도
우리 매일 꽃이 필 때처럼 호된 아침을 맞자

직면

주차장에서 나오려고 차를 조금 움직이다가
　차 한 대가 들어오는 바람에 차를 다시 원위치로 후진
한다

　그게 얼마가 되었건
　하필이면 헤어진 사람의 차

　내려서 제 갈 길을 가겠지 싶은데
　내 차를 알아봤는지 내리지를 않는 사람

　이번에도 뒷모습을 보일까 싶어 나 또한 움직일 수 없다

　맨 처음 당신을 본 어느 돌연하고도 뜻밖인 날
　한사코 당신을 다시 보겠다고
　그 자리에 할 말을 두고 온 적 있었는데

　같이 올려다봤던 하늘은 없고
　이제는 각자 다른 네모 칸에서 옆 칸의 기척이나 살피
며

질식할 것 같은 지하에 함께 갇혀 있다는 사실도 어쩌
면

이 세상에서 아무것도 아닌
밀물과 썰물이 뒤섞이고 교차하는
평범한 순서일지도 모른다는 생각이

당신은 사라지지 말아라

나 무엇이든 잘 기록할 수 있는 사람 되어 당신 모르는
잠버릇을 기록할 수 있다면

문신을 그리겠다는 당신 살갗을 내 시간으로 쓰다듬을
수만 있다면

당신의 닳은 뼈와 기억이 되어 폭설로 잠들 수 없는 밤
에 당신 역사와 내통할 수 있다면

어느 신성한 연기 되어 당신 온몸을 방부할 수 있다면

한 줄 위에 나란히 이불로 널려 인생에서 가장 중요한
날의 광채를 다 가질 수만 있다면

어느 생에서 한 번 당신에게 부딪혔던 작은 새의 파닥
거리는 심장이 되어 당신 손아귀에서 안식할 수 있다면

그래서, 그리하여, 그럼에도 따위의 말들을 앞세운 추
신들이 모두 당신에게 귀결될 수 있다면

그러고도 이 편지의 맨 끝에 꾹꾹 눌러 쓰나니 부디

당신은 사라지지 말아라

새벽의 단편

어느 긴 밤
좋아하는 편지지를 앞에 놓고 앉았던
그때는 좋은 시절이었습니다
좋은 시절이었다는 말은
그 오래된 시간을 부를 수도
다시금 사용할 수도 없다는 말과 같습니다

누구도 편지를 부치지 않는 동안
건물은 헐리고 꽃밭이 줄고
습관은 습관이 되고

아무도 읽어주지 않거나
어딘가에서 분실되고 말지도 모를 편지를 쓰는
그 새벽에 새들이 울면
두 눈 가득 침이 고이던 시절

감히 만나자는 말을 적어넣고 풀칠을 했습니다
많이 미워한다는 말을 읽었을 때는 말을 잃었습니다

편지지라는 말이 사라져버린 세계의 빈 봉투처럼
돌아볼 단편의 증거가 없다는 것은

접지 않았으니
펼쳐야 할 것도
봉하지 않았으니 열어야 할 세계가 없다는 말입니다

얼음

몸무게에서 100킬로그램을 뺀다면
나이에서 100살을 뺀다면

이 계산법은 무엇도 0이 될 수 있지만
또 그 무엇도 0이 될 수 없음의 증거이다

나무에서 영혼을 뺀다면
영혼에서 물기를 빼낸다면

삶에다 시를 박을 수 있다면

시에서 삶을 빼낼 수 있다면

이 모두의 셈이 가능한
얼음으로 조립된 계산기를 훔칠 수 있다면
그리하여 그 모든 것에 과하게 속하지 않을 수 있다면

집게

남태평양의 게는 나무에 올라 코코넛 열매를 잘라 땅에 떨어뜨리는데 그래도 단단한 코코넛 열매가 벌어지지 않으면 무거운 그것을 다시 들고 나무 위로 올라가 껍질에 금이 생길 때까지 계속해서 떨어뜨린다. 열매를 들고 이동하느라 한쪽 집게만 커지고 비대해져서 제 몸뚱이만 하다.

사람들에게서 어떤 소리를 듣기 시작한 것은 손가락 끝에 지문이 지워진 후였다

사람들은 가슴마다 스피커를 달고 있는 것 같았고 마치 마이크와 스피커의 연결을 끄지 않은 듯 옷이 스치는 소리, 기기가 닿고 부딪히는 소리, 그리고 힘 있는 소리도 아닌 소리들을 쏟아냈다

생경한 소리는 대부분 엉켜 들렸고 낮은 음조였는데 마치 누군가가 녹음해놓은 소리를 듣는 것도 같았다

내 뒤에 꼬리가 자라고 있어서
이리도 음란해지는 건 아닌지

내 등에 솔방울이라도 맺히고 있어서 자주 솔깃해지는
건 아닌지 무심히 돌아보고 돌아봤지만 자꾸 사람들한테
서 뭉툭한 소리를 들었다

누군가 내 몸에 들어오지 않고는
이 곤란에 이리 설득될 수는 없는 것이다

사실 사람들에게서 소리를 듣기 시작한 것은 남태평양
의 무인도에 가서 게의 엄청난 집게에 손가락을 물리고
난 후였다 손가락 하나를 물고 지금까지도 놓지 않는 게
한 마리 때문인 것이다 실은 물리고도 놓지 말아달라는
내 간절한 바람 때문인지도 모르겠다

차라리 물리고 나서야 우리는 알게 되는 건 아닌가
또 사람들은 저마다 무인도로 향하는 파도에 몸을 실
으려고 저토록 안간하게 소리를 내는 것은 아닌가

나도 곧 이 세계의 꼭대기로
들어 올려진 다음

떨어져
마침내 모든 것을 흘리더라도

돌림병처럼 이 세상 모두를 꽉 물고 있는 집게가 잘리
고 떨어져나가기만을 바랄 수는 없는 것은 호되게 물리
고서야 나갔다가 들어온 정신이 있어서다

한 손이 물려 있으니 다른 한 손으로 꽉 물고 있어야
할 게 있어서다

해변의 마지막 집

바닷가 민박집 방문을 열어 보여주시는 할머니

— 이 방이 이래 추워 보여도 이거 하나 키면 따땃합
니더
　할머니는 한사코 선풍기를 가리키며 난로라고 하신다

다른 할 일이 없는데도 몇 번을 물으신다
— 참말로 잠만 잘껍니껴

할머니는 나를 바람쯤으로 여기는 게 분명하고
나는 자꾸 이 할머니가 나 돌아갈 때 데려갈 사람쯤으
로 여겨져서
할머니가 시간을 물을 때마다 대답하느라 어두워진다

밤 바다 소리가 하도 유난해 마당에 나와서는
나무에 걸쳐 있는 달을 올려다보는데

— 와요? 나무가 뭐라 합니껴

다시 태어나거든

한 무리는 행복을 숭배하고
한 무리는 그렇지 않은 쪽으로 방향을 잡고 산다

이쪽 줄의 사람들은 아예 감정이 없으며
저쪽 줄의 사람들은 감정을 숨긴다

이 엄청난 사람들의 파도에 휘말릴 준비가 되었다는
듯
산소통을 메고 서 있는 한 청춘

걸음을 내딛는 순간부터 회오리바람을 만날 것이니
피할 수 없을지라도
이내 끝나고 말지라도

이번 생에는 한 덩어리의 완전한 혼자가 되어라

횡단열차의 저편

몸 하나를 이루는 피와 살
강물을 바라봐야 하는 평생 동안의 부피

사람들에게는 저마다 용량이 있다
그것은 제한적이다
생각보다 무시무시한 사실이다

일주일을 넘게 달리는 기차 맨 뒤 칸에서
누가 자꾸 피리를 분다
처음 본 그 사람을 식당 칸에서 보기로 한 것은
월요일에서 화요일로 넘어가는 사이였다
수목이나 금토의 가능성에 대하여 떠올렸으나
그 한 사람에겐 차창 밖으로
달이 뜨는 시점이 더 어울릴 거라 단정했다

그렇게 보름달이 뜨는 밤이었다
혹 개와 고양이 가운데 무엇을 기를 것인지를 묻길래
그것도 용량에 관련된 것이냐고 말해버렸다

바깥과 이 안의 단절
이 칸에서 저 칸으로의 횡단

삶도 대륙을 횡단하는 긴 열차일 거라고 마음을 정하
는 동안
밤 사이 마을을 여럿 지났다

맨 뒤 칸에 타고 있던 사람이 갑자기 사라졌다는 사실을
기차의 처음 칸부터 끝 칸까지 세 번을 훑고서야 알았
지만
나는 그 사라짐을
세상 모든 운행하는 것들의 권태 때문이라 믿기로 한다

그는 가방을 둔 채 내린 거였고
기차에서 내린 순간부터 북쪽으로 사흘 밤낮으로 걸었
다는 것을
며칠 후 신문을 통해 알았다
나는 그 행보가 한 사람의 안녕과 관련되어 있을 거라
고 생각한다

그리고 나는
얼마나 멀었는가

아직 아직
얼마나 남았는가

비를 피하려고

짧게 출근을 하던 시절이 있었다
짧았다지만 그것도 십여 개월

아무 서류 없이 당장 일을 그만두겠다고 말하고는
짐을 싸서 내려와 길을 건넜다
짐을 쌌지만 커다란 쇼핑백 하나

하필이면 길 한가운데서 쇼핑백이 툭 터져
잡다한 모든 것들이 좌르르 길 한가운데로 쏟아졌다
나는 그것들을 주섬주섬 길가로 옮겨놓고는
다니던 회사 건물을 올려다보았다

사람들이 나를 내려다보며 수군대고 있었다
겨우 그만두기나 하는 내가 벌레 같았을 것이다

여전히 나는 지금까지도 벌레일 것이나
기어서 도착한 곳이 아직 없으며
고작 비를 피하려 거기로부터 멀지 않은 데서
기웃거리기나 하고 있다는 사실뿐

좋은 배치

그러니까
자로 무언가를 재고 있는 사람

그것이 흙구덩이의 넓이이건
벽과 벽 사이의 거리이건

목재와 목재 사이라든가
훌쩍 자란 키라든가

묵묵히 자를 들고
눈을 가늘게 뜨고서는
화단을 짜면서 폭과 높이를 가늠한다든가

한 소년의 슬픔과 미래 사이라든가
잦음과 무작정의 폭이라든가

고심되는 거리 사이에
감정을 놓고 싶다든가
한 얼굴을 옮겨다 놓고 싶다든가

세상 모든 진실한 배치란
점으로부터 점까지의 평행이면서
엄청난 일이 벌어지기 직전
손 닿으면 금이 갈 것 같은 팽팽한 의도

그러니까 태초에 인간을 만들었을 때도
심장과 뇌의 거리라든가
손과 등짝의 위치까지를 배치하기 위해
얼마나 재고 또 재고 그랬을 것인가 말이다

착지

시집의 맨 마지막 시는 무엇으로 할까
언제 어느 때의 환절기를 떠올려야 할까
끓이게 될 배춧국 국물에 대해 한없이 준비해야 할까

꼬리를 내두어야 할까
아니면 감추었다 싹둑 잘라야 할까

겨우 종이 한 장으로 자리 차지를 하고는
벚꽃 사과꽃 날리는 길가에 겁없이 드러누워
너무 많은 꽃을 피웠으니
다 됐다고 응석을 부려야 할까

사람이 좋으냐 시가 좋으냐 묻다가도
나무가 될 거니 돌이 될 거니
손바닥을 펴놓고 묻다가도
그저 어설피 부지런히 시 쓰는 일을 연속하느라
공중에나 머물고 있어서 잘 모르겠다고
시치미를 떼야 할까

시집 한 권의 맨 마지막 장이라니
무어라 적을까
삶이 툭 부러지는 그 끝에서나
우연히 스치자고 적어야 하나

몸만 부리고 갈 수 없는 암담함을
이 무엇으로 대신해도 되냐고 적어야 하나

발문

그때는 사랑이 많은 사람이 되어 만나자*

김소연
(시인)

1. 수신자의 마음: 든 멍이 나가다

시를 읽고서 위로를 받았다고 고백하던 사람들의 말을, 나는 지금껏 허투루 들어왔는가 보다. 아니, 위로라는 말이 시와 연루되어 있다는 사실이 어딘지 불편했다. 시의 지위가 행사할 힘은 위로가 아닐 거라고 믿어왔다. 위로가 행사되었다 할지라도 그것은 일시적이거나 부분적인 것이라고 치부했다. 시를 쓰는 사람으로서 누군가에게 위로가 되었으면 하는 마음이 전혀 없다시피 했기 때문이다. 위로는 어쩐지 인간의 정신을 쨍하게 만드는

* 「이 넉넉한 쓸쓸함」에서 인용.

방향과는 정반대에 놓인, 향정신성적이고도 흐물흐물한 종류의 작용인 것만 같았다. 위로가 아니면 아무것도 필요치 않는 시간이 인간에게는 반드시 찾아오기 마련이며 그럴 때에는 그 어떤 문장도 곤혹스럽기만 하다는 것을 나는 전혀 이해하지 못했던 것이다. 나는 어쩌면 제대로 고통스러웠던 적이 없었던 것일지도 모른다. 내게 일어난 거의 모든 불행이 어쩌면 고통에 대하여 내가 무지했기 때문에 빚어진 결과였을지도 모른다는 생각을 처음으로 해보게 되었다.

번잡한 여러 상념과 복잡하디 복잡한 시에 대한 욕망들을 허물 벗듯 벗어가던 지난 계절 내내, 나는 이 시집을 읽고 또 읽었다. 시집의 맨 뒤에 실릴 이 글의 제목을 한동안 '멍이 나가는 시간'으로 마음에 두기도 했다. 우화의 한 장면처럼 그려진 「호수」에서 "멍이 나가는 관계"라는 시구를 발견했기 때문이다. '멍이 들다'라는 말은 흔하게 들었어도 '멍이 나가다'라는 말은 처음 목격했다. 시의 한가운데에 새겨져 있는 이 말을 처음 읽던 그 순간에 이상하게도 나는 내게 퍼져 있는 멍을 지각했다. 동시에 그 멍이 몸 바깥으로 홀연히 나가고 있는 것 또한 지각했다. 멍이 나가는 것을 감지하면서 이 시집의 원고들을 천천히 마저 읽었다.

지난 계절의 나는 천천히 천천히 마음을 준비해가는 임종과도 같은 시간을 보냈다. 내가 지켜왔다고 믿어온 내 삶의 온갖 수칙을 하나하나 버렸고, 내가 판단해왔던 것들과 하나하나 결별했고, 내가 간직해왔던 기억들을 하나하나 허물어갔다. 모든 것이 삭거나 부서지거나 하여 소멸된 그 자리를 대신해서 채워줄 만한 것은 아무것도 없었다. 그런 시간에 누군가 내 앞에서 내 눈동자를 보았다면 어땠을까. 겨우 숨만 붙어 있는 나를 무방비하게 들키고야 말았을 것이다. 방 불을 끄고 잠자리에 들어 까무룩 잠이 들 때까지, 나는 아무 생각이나 하면서 그저 시간이 흘러가주는 정도만을 소원하고 있었다. 어떨 때는 그 자세 그대로 눈을 뜬 채로 창밖에 동이 터오는 것을 보기도 했다.

　　깊은 밤 자리에 누워
　　나는 모르겠다라고 중얼거리면
　　조금은 알 것 같은 기운이
　　가슴 한가운데 맺히는 것이다

　　그러면서도 그것이 다는 아닌 듯하여
　　도통 모르겠다고
　　다시 말하는 밤이면
　　그 밤이 조금은 옅어지면서

아예 물러갈 것도 같은 것이다

—「밤의 골짜기는 무엇으로 채워지나」 부분

　그런 밤들은 "세상에서 가장 육중하고/정밀한 조직
의 얼룩으로 덮어놓은 밤"이었다고 표현해도 무방할 것
이다. 밤이 아니라 한 사람이 그러했다고 표현해도 무방
할 것이다. 한 사람이 "가장 육중하고/정밀한 조직의 얼
룩"으로 직조된 그물에 갇힌 물고기가 된 것 같았을 때.
그러다 그 사람은 벌떡 자리에서 일어나 방 안을 서성여
보았을지도 모를 일이다. 서성여보아야 겨우 살아 있다
는 것을 느낄 수 있어서 그랬겠지만, 서성일수록 그물에
갇혀 있다는 실감만 더 짙어졌을 것이다. 그러다 비로소
자신이 "세상에서 가장 육중하고/정밀한 조직의 얼룩으
로" 뒤덮인 사람이라는 것을 받아들여야 했을지도 모르
겠다. 그때, "그것이 다는 아닌 듯"하다가도 "도통 모르
겠다" 싶다가도 기어이 "조금은 옅어지면서" "아예 물
러갈 것 같은 사실"을 직감하게 될 것이다. 밤마다 이런
일을 반복하며 밤마다 한번씩 크게 놀라다 보면 알게 되
는 것일까. "내 목을 조른 사람"과 "내게 칼을 들이댄 적
이 있는 사람"과 "내게서 벗겨진 것들"이 "다시 더 작은
파편으로 파괴되"도록 한 사람, "내 가슴 한가운데서 뭔
가를 꺼내가려던 그 사람"(이상 「그 사람은 여기 없습니
다」)에 대해 어찌해야 하는지를.

내게 공중에 떠오르는 고된 기분을

여러 번 알리러 와준 그 사람을

지금 다시 찾으러 가겠다고 길을 나서고 있는 나를

나는 어쩔 것인가요

—「그 사람은 여기 없습니다」 부분

어쩔 작정으로 찾아 나서는지 굳이 상상 같은 걸 하지 않으려 한다. 연유를 몰라도 그 행위만으로 충분하기 때문이다. 연유를 몰라도, 어떤 사연을 통과해야 이런 문장을 적는 사람이 되는지를 짐작해보는 일만으로도, 나는 완전하게 육중해지기 때문이다. 과함도 구구절절함도 없는 이 절제된 육중함에 다다르니, 내가 홀가분해졌다. 그걸 나는 '멍이 나가는 시간'이라고 부르고 싶다. 이 육중함에 대해서 나는 고백해둘 필요가 있다. 우선 내가 오래오래 기억해두고 싶은 경험이므로.

2. 발신자의 마음: "어떻게든 사람이 되려는 것"*

깊은 밤에

* 「지구 서랍」에서 인용.

집으로 가는 길에 집 앞에
한 사내가 굵은 나뭇가지 하나를
두 손으로 붙들고 서 있다

할 말을 전하려는 것인지
의지하려는 것인지
매달리는 사실은 무겁다

사내가 나의 집 한 층 위에 살고 있다는 사실을 알고
나서도
사내가 몇 번 더 나무에 매달리는 모습을 보았다

손을 놓치지 않으려는지
나뭇가지는 손이 닿기 좋게 키를 내려놓기까지 했다

어느 밤에   ,
특히 오늘 같은 밤에는
그 가지가 허공에 손을 섞어
말 연습을 하고 있는 것을

새를 날려 보냈는지
아이를 잃어버렸는지 모르겠는 위층 사내도
나처럼 내어다보고 있을 것이다

그 가지 손끝에서 줄을 그어 나에게 잇고
다시 나로부터 줄을 그어 위층의 사내에게 잇다가
더 이을 곳을 찾고 찾아서 별자리가 되는 밤

척척 선을 이을 때마다
척척 허공에 자국이 남으면서
서로 놓치지 말고 자자는 듯
사람 자리 하나가 생기는 밤이다

—「사람의 자리」 전문

　"굵은 나뭇가지 하나를/두 손으로 붙들고 서 있"는 한 사내를 조용히 지켜보고 있는 한 사람이 보인다. "집으로 가는 길에" 우연히 보게 된 그 사내에 대해 책상에 앉아 시를 쓰는 한 사람(부러 시인이라 적지 않고 사람이라고 적어둔다)이 보인다. 시를 완성해가는 그 깊은 밤에 그 사람은 그 나무를 내다볼 수 있겠지만, 그 사내가 여전히 그 자리에서 그 자세로 서 있을 리는 없다. 그 자리는 어쩐지 빈자리가 되고, 그 빈자리를 사람은 조용히 내다본다. 그리고 자신과 허공의 그 빈자리를 가로지르며 선을 잇는다(선을 긋는 게 아니라). 그리고 그랬다는 사실을 시에다 적어둔다. 이렇게 하는 것이 이 사람이 생각하는 사람의 주된 업무인 것 같다.

"내 소관이겠다 싶은 곳에 돌을 쌓았습니다"라고 말하는 사람이니 말이다. "내 소관"에 "돌을 쌓"겠지만 누군가에 의해 "돌이 무너져 있었"고 또다시 "돌을 쌓"아 "담장의 감정"을 알아가던 그 사람은 "이제껏 해오던 말이 아닌 다른 말로 말을 걸면 끊어져 닿을 수 없는 사람도 이을 수 있다는 말인가요"(이상 「담장의 역사」)라는 질문을 하게 된다. "내 소관"이 아닌 것들과 "내 소관"을 어지럽히는 것들 앞에 당혹해하는 한 사람이 있다. 일어나서는 안 되는 일이 일어나기는 하였으나, 이 일이 일어난 데에는 내 소관 바깥의 다른 곳에서 주관되는 어떤 뜻이 있는 것인가 싶어 두리번거리는 사람이 있다. 성가실 일이라고 여기면 그만인데, 그 사람은 어떤 사람이 독특한 방법으로 말을 걸어온 것은 아닐까 싶어지는 것이다. 그리하여 질문이 탄생된다. 쌓아둔 담장이 무너질 때. 무너짐에 대한 낭패감을 질문으로 이어가는 사람. 한번 더 낙담하게 되는 것 따위는 더 이상 중요하지 않다고 믿고서 그 자리에 서 있는 사람. "벼랑 너머로 굴러 떨어졌어도/어디에도 닿지 않고 허공에 매달려 있는 돌"(「이토록 투박하고 묵직한 사랑」)처럼, 이상한 정지 화면 속에 오래도록 붙박여 있는 사람. "감정을 시작하고 있는지/마친 것인지를 모르는 것"(같은 시)과 같은 상태가 되어가는 사람. 이 호방한 듯도 하고 의연한 듯도, 한, 용감해 보이기도 하고 숙연해 보이기도 하는 사람. 이 시집 속에서 내가 느낀 시인의 모습이다.

> 한사코 표식을 드러내겠다고
> 겹겹의 세계 바깥으로 나오고 만
> 사랑의 뿌리를 파낸다
> 사랑은 뿌리여서 퍼내야 한다
>
> 뿌리가 번지고 번져서 파낼 수 없게 되어서
> 다시 되묻는다
> 온몸에 열이 펄펄 끓기 시작한다
>
> 사랑이 끝나면 산 하나 사라진다
> 그리고 그 자리로부터 멀지 않은 곳에
> 퍼다 나른 크기의 산 하나 생겨난다
>
> ──「사랑의 출처」 부분

사랑은 어떤 것인지를 잘 알고 싶어 하는 사람은 누구일까. 아마도 불가해한 사랑을 겪고 크나큰 낙담을 하게 된 사람일 것이다. 낙담 뒤에는 무엇이 올까. 지혜로워질 수 있을까. 사랑 앞에서 지혜로워진다는 것은 어떤 것일까. 세상 곳곳에 그 대답은 넘치지만 끝끝내 그 대답들이 성에 차지 않을 때, 비로소 자신의 모든 지혜를 바쳐 사랑에 대해 감각할 기회가 오는 것일지도 모른다.

시인은 이 이야기에 대한 대답을 공손하게 비껴가며, 대답 대신에 이미지로 보여준다. 시인이 대답을 절제하기 위하여 절제한 것은 아니다. "뿌리가 번지고 번져서 파낼 수 없게 되어서/다시 되묻는다"고 체념했기 때문이다. 체념이라 했지만, 이것은 "이토록" 다음에 "기어이"를 적게 되는(「여행」) 이병률만의 문법이다.

　시인의 절제란, 시의 품위를 지키기 위하여 작동되는 것이 아니라, 경험한 바를 가장 잘 건사하기 위해서 시인이 반드시 취해야 할 도리라는 것을 이병률은 잘 알고 있는 것 같다. 절제에 대한 의지(말을 삼가하고 싶다는 의지)는 이 시집에서 자주 목격된다. "심장을 다독이고 다독여서/빨래 마르는 동안만큼은 말을 하지 않겠다는 다짐"(「동백에 새 떼가 날아와서는」)을 하게 될 때에 이병률은 이 다짐에 다다르기 위하여 한 편의 시를 써내려가진 않는다. 이 다짐의 문장이 비록 시의 끝부분에 적혀 있지만, 이 다짐이 그래서 시의 결말을 맡고 있지만, 이병률의 삶은 이 다짐에서부터 다시 시작되는 걸로 읽힌다. 이 다짐도 이병률적으로 말하자면, "시작하고 있는지/마친 것인지를 모르는 것"이다. 이병률적으로 말하자면, "병에 걸리"는 것일지도 모르고 "이렇게 미치고"(「동백에 새 떼가 날아와서는」) 있는 것일지도 모르지만, 이 마음으로 시작을 하게 될지 마치게 될지도 모르겠지만, 사람이 되어 사람답게 살려면 그래야 한다는 것은 어렴풋이 알 수 있다. 다짐이라고 했지만, 숱한 낙담 끝에 오는 다짐인 만큼, 그럴 수밖에 없는 마음이라고 표현해야 정확할 것 같다. 그러므로 그의 다짐은 시어일 뿐만 아니라 곧장 행위에 닿게 된다. 이 다짐은 선택지가 아니라 어쩔 수 없어서 그럴 수밖에 없는 최종의 마음이다. 시를 잘 써서 시인이 아니라, 이 최종의 마음이 종내 시가 되는 사람만을 나는 시인이라고 부르고 싶다. 「내가 쓴 것」이라는 시에서 시인 이병률은 이런 장면을 목격한다.

그날 아침
카페에 앉아 내가 쓴 시들을 펴놓고 보다가
잠시 밖엘 나갔다 왔는데
닫지 않은 문 사이로 바람이 몹시 들이쳤나 보다

들어와서 내가 본 풍경은
카페에 모인 사람들이 일제히 일어나
바람에 흩어진 종이들을 주워
내 테이블 위에다 한 장 두 장 올려다 놓고 있는 모습들이었다

테이블 위에 원래 놓여 있던 시들과 사람들이 다시 주

워 올려다 놓은 시들은 과연 같은 시일까. 그렇지 않을 것이다. 테이블 위에 원래 놓여 있던 시들은 시인 이병률이었던 사람이 쓴 것이지만, 다시 테이블 위에 올려진 시들은 누가 쓴 시일까. 그 종이들을 주워준 사람들의 시라고 말해도 될 것이다. 그 이야기를 다시 프레임 바깥에서 적어둔 「내가 쓴 것」이라는 시는 그렇다면 누구의 시일까. 테이블 위에 원래 놓여 있던 시들을 썼던 이병률과는 조금이나마 달라질 수밖에 없는 시인의 시일 것이다. 정말 "내가 쓴 것"은 이런 여정을 거치지 않고서는 태어나지 않는다.

시는 누구의 것인가. 시는 누구를 위한 것인가. 요란할 리도 없고 확고할 리도 없는 이 은은한 장면 속에서 나는 허공에다 눈길을 뻗으며 질문을 던져본다. 그리고 다시 한번 생각해본다. 좋은 시는 누가 결정하는가. 좋은 시인은 어떤 자세를 가져야 하나.

사실은 내가 쓰려고 쓰는 것이 시이기보다는
쓸 수 없어서 시일 때가 있다

「내가 쓴 것」의 마지막 연이다. 시인 이병률은 어쩔 도리가 없는 순간들에 대한 자기만의 자세를 자주 드러내는데, 이에 대해 이병률은 마치 '단지 내 소관이 그러할 뿐'이라고 뒤로 물러서듯 말할 것만 같다. 하지만 나는 좀더 명확하게 말하고 싶어진다. 이 자세는 시를 쓰는 자의 소신이거나 신념이거나 그런 것이 아니라, 무언가를 기꺼이 겪으려는 사람에게서 비롯된 자세라고. 시인 이병률이 인간을 믿고 있다는 걸, 이 시집을 읽고 겪어나가면서 새삼스레 느꼈다. 인간을 경유해서 믿음을 쌓아왔다기보다는 그것과 별개로, 인간에게서 믿음을 체험해보았건 아니건 간에 그는 끊임없이 인간을 믿고 있는 것 같다. 진실로 "믿음으로 믿는"(「후계자」) 것 같다.

3. "모든 것에 과하게 속하지 않을 수 있다면"*

이병률이 사는 집에 간 적이 있다. 많은 시인이 거실에 둘러앉아 있었다. 매트리스 하나가 동그마니 놓인 그의 침실과 스탠드 불빛 하나가 켜져 있던 그의 작은 서재를 나는 기웃거리며 구경했다. 이병률이 만들어준 갖가지 음식을 가운데에 놓고 시인들은 재잘재잘 즐거워했다. 늦게 온 사람이 배가 고프다고 하면 이병률은 또 음식을 내왔고, 누군가 잔이 비었다고 하면 냉장고에서

* 「얼음」에서 인용.

맥주를 또 꺼내다 주었고, 누군가 커피를 마시고 싶다고 하면 커피를 내려주었다. 아무 날도 아니었는데 잔칫집 분위기가 났다. 생선 굽는 냄새와 전 부치는 냄새가 현관 바깥까지 진동했던 기억이 있다. 그 집에 둘러앉아 식구처럼 재잘대던 그날의 시인들이 누구누구였는지 선명하게 기억난다. 모두들 지금보다 어렸거나 젊었을 때다. 지금처럼 우리가 소원하게 지내게 될 줄은 아무도 몰랐을 때다. 그때 그가 차려준 음식들을 잘 먹었던 그 시인들은 지금 어떻게 살고 있을까. 세월이 지나서 소원한 사이가 되어버린 우리들은 각자 어떤 마음일까. 변했거나 변하지 않았거나, 가끔은 그날의 그 집을 아마도 나처럼 기억할 것 같다. 끊어진 인연과 멀어진 인연 들이 사람과 사람 사이에 빗금처럼 지나가는 사이, 우리 모두는 그만큼의 나이를 먹었다. 자연스레 모든 인연이 달라져갔고 바뀌어갔다.

그는 말수가 적었고 부엌과 가까운 귀퉁이 자리를 차지하고 있었다. 누군가를 꾸중하거나 화제를 주도하거나 대접을 받으며 편히 있곤 하는, 후배들에 둘러싸여 있는 여느 선배 시인들과는 많이 달랐다. 적게 말하고 적게 웃는 슴슴한 모습이었다. 일 년에 한두 번 정도, 함께 밥을 먹자고 만날 때에도 그랬다. 음식은 풍족하게 주문하고 말수는 적었다. 늘상 물잔을 채워주고 수저를

놓아주는 일을 차지할 뿐이었다. 헤어질 때에는 한 사람씩 한 사람씩 제 갈 길로 가는 모습을 다 지켜보고 마지막으로 걸음을 옮겼다. 물건이 별로 없었던 그의 집처럼 그는 헐렁하게 웃고 헐렁하게 등을 돌려 걸어갔다. 아마 그런 모양으로 걸어가다가 나뭇가지를 붙잡고 서 있는 사내도 목격하게 되었을 것이고, 대못 하나도 줍게 되었을 것이고, 버스에서 누군가 귤 하나를 까는 순간의 향기도 맡았을 것이다. 그의 천가방 속에는 식당에서 챙겨간 키조개 껍데기 하나가 들어 있었을 것이고, 도서관 사물함 열쇠 같은 게 들어 있었을 것이다. 이튿날 아침, 잠에서 깨어나 국을 끓이다 말고 가방 속의 키조개 껍데기와 도서관 사물함 열쇠를 책상 위에 올려 두었을 것이다. 이 슴슴한 듯 보이는 문장들을 모아서 육중한 감정을 애써 숨기며 그는 책상에 앉아 벽을 바라보며 시를 적었을 것이다.

저녁을 먹지 않으려는 저녁에
누군가 만나자는 말은 얼마나 저녁을 꺼뜨리는 말인가
―「불화덕」 부분

곁에 모이던 사람들이 흩어지고, 사라진 자리를 그대로 내버려두고, 다시 그 곁에 새로운 이들이 모였다 흩어지고 사라지는 내내, 그는 그렇게 살아왔을 것이다.

한결같은 모습으로 다만 한결같이.

4. 우리의 다짐: 잘 있습니다

　　우리는 말이 없는 나라에 와 있는 사람처럼 말이 없습
　니다
　　우리라는 말도 이제 힘이 없습니다
―「염려」부분

　가장 아껴 말해야 할 뿐만 아니라, 가장 용기 있게 말
해야 할 단어가 '우리'라는 단어라고 이제 나는 생각하
게 되어버렸다. 어떨 때는 남용되거나 오용되고 어떨 때
는 의미를 소실한 듯 사어처럼 들리기도 하는 단어이다.
드넓은 복수형으로 쓰이지 않고 단 두 사람으로 쓰일 때
에만 겨우 제 뜻을 표상해내는 듯 유약해진 단어이다.
조심스럽게 다루어야 할 민감한 단어이다. 이 유약하고
민감한 단어를 어떻게 다루어야 좋을지 고민해본 적이
있는 사람이라면 고민의 방향이 대체로 어느 한쪽으로
치우쳐왔다는 것 또한 잘 알고 있을 것이다. 이병률은
이런 단어를 예상치 못한 방향으로 향하게 다룰 때가 더
러 있다. "우리라는 말도 이제 힘이 없습니다"라고 적고
야 만다. 그러나 이상하게도 이병률이 이 문장을 적어둔

자리의 맥락 속에서 이 씁쓸하고 쓸쓸한 문장은 야릇한
힘을 얻는다. 애써 우리를 우리라고 위장하지 않을 수
있다는 안도감과 우리를 우리라고 굳이 말하지 않아도
어차피 우리는 우리일 수밖에 없다는 안전한 결속. 어
느 한쪽에 의해서 보이지 않게 행해질지라도 괜찮을 듯
한 든든함 같은 게 배어 나오고야 만다. 그는 어느덧 이
렇게 문장을 다스려 가장 단정하게 다룰 줄 아는 시인이
되어 있다. 시인은 문장을 다스리는 데에 있어서 가장
능란해야 옳지만, 능란한 문장을 쓴다는 걸로 가장 좋은
시인이 될 수는 없을 것이지만, 문장을 정말로 능란하게
다루려면 그 문장의 깊이만큼 깊이 있는 사람이어야만
한다. 그렇기 때문에 시인은 문장을 한 걸음 앞에 던져
놓고서, 그 문장과 닮은 사람이 되기 위해 문장을 쓴다.
그래서 문장은 곧 서약과 다름없다. 이병률이 한번도 직
접적으로 적어둔 적은 없지만, 『바다는 잘 있습니다』 곳
곳에는 서약에 갈음하는 문장들이 불씨처럼 숨어 있다.
자신이 쓴 시와 더 겹쳐지고 더 닮아가는 그가 가장 분
명하게 다짐을 해둔 문장을 오래 들여다본다.

　알 수 없는 말들이나 꾸미느니
　저녁 화덕에 받쳐 불을 담을 것이다
　　　　　　　　　　　　　　　　　—「불화덕」부분

"기다린다 이제 밥을 기다리는 일과/주문을 기다리는 감정의 경중은 같다"(「생활이라는 감정의 궤도」)는 그. "지탱하려고 지탱하려고/감정은 한 방향으로 돌고 도는 것으로 스스로의 힘을 모은다"(같은 시)는 그. 그래서 지탱이 가능해짐으로써 또다시 새로워지는 그. 지금 이병률은 인간의 한 생애에서 가장 괜찮은 순간을 살고 있는 것 같다. 지금 그는 사람들이 으레 시인에게 기대해온 열정이나 낭만의 상태가 아니다. 그의 시는 대단한 결기로 포장되어 있지도 않고 냉소나 환멸로 손쉽게 치환되어 있지도 않으며, 그래도 그럭저럭 살 만하지 않으냐 눙치려 들지도 않는다. 낙담의 자리에서 "지탱하려고 지탱하려고" "힘을 모"으는, 은은하고도 든든한 모습으로 그는 서 있다.

그는 "발을 땅에 붙이고서는 사랑을 따라잡을 수가 없다"(「이토록 투박하고 묵직한 사랑」)는 걸 알고 있는 사람이다. 사랑이 이 지상으로 내려와서 우리 곁에 넉넉하게 머물러주기를 밑도 끝도 없이 기다리는 시인들과 사랑이 우리 곁에 이제는 남아 있지 않다는 것을 어떻게든 온몸으로 입증하려는 시인들이 많고 많은 와중에, 이병률은 우리들 한가운데에서 한 발짝 떨어져서 사랑과 가까워지는 것에 힘을 모으는가 보다. 한 발짝 물러선 것이 아니라 들어올려서. 나는 이런 사람이 쓴 새 시집을 가장 먼저 읽은 사람이 되었다. 행운이라 할 만하다.
나는 항상 가장 나쁠 때에 가장 운이 좋았다. ▨

　　우리가 살아 있는 세계는

　　우리가 살아가야 할 세계와 다를 테니

　　그때는 사랑이 많은 사람이 되어 만나자

　　　　　　　　　　　　—「이 넉넉한 쓸쓸함」 부분